Mellie Eliel

La Machine de Noël

Roman

Mellie Eliel

© 2024 Mellie Eliel, Tous droits réservés

ISBN : 978-2-3224-9739-3

Date de parution : nov.2024

Dépôt légal : Novembre 2024

Édition : BoD · Books on Demand GmbH, In de Tarpen 42, 22848 Norderstedt (Allemagne)
Impression : Libri Plureos GmbH, Friedensallee 273, 22763 Hamburg (Allemagne)

Le code de la propriété intellectuelle n'autorisant aux termes des paragraphes 2 et 3 de l'article L.122-5, d'une part, que les copies ou reproductions strictement réservées à l'usage privé du copiste et non destinées à une utilisation collective et, d'autre part, sous réserve du nom de l'auteur et de la source, que les analyses et les courtes citations justifiées par le caractère critique, polémique, pédagogique, scientifique ou d'information, toute représentation ou reproduction intégrale ou partielle, faite sans le consentement de l'auteur ou de ses ayants droit ou ayants cause, est illicite (article L.122-4). Cette représentation ou reproduction, par quelque procédé que ce soit, constituerait donc une contrefaçon sanctionnée par les articles L.335-2 et suivants du Code de la propriété intellectuelle.

1

Sila avait bien grandit, elle s'était installée près de la Source depuis déjà cinq ans, elle avait donc seize ans. Javelette, Charioton et tous les siens l'avaient rejoint et vivaient tranquillement. Ils avaient continué à "sauver les mondes" contre d'autres ennemis et soudés comme ils étaient rien ne pouvait les arrêter. Sila, qui n'avait connu auparavant que la souffrance, le rejet et qui ressentait un douloureux sentiment d'abandon et d'humiliation s'était reconstruite peu à peu.

Elle continuait à utiliser sa machine à rêves pour permettre à tous les humains de s'endormir profondément, de rêver et de se réveiller en bonne forme. Un matin, après une belle nuit de sommeil, elle se réveilla en sursaut. Lorsqu'elle ouvrit les yeux, elle vit un oiseau en papier penchait au-dessus d'elle. Celui-ci lui dit : "Es-tu bien Sila ?"

Celle-ci hocha la tête et se redressa. Elle lui dit : "Mais qui es-tu ?"

L'oiseau se nommait Bécami, il dit : "Je viens du Royaume des neiges et nous avons besoin de ton aide !"

Sila écarquilla ses yeux, elle répéta à mi-voix : "Le Royaume des neiges."

Bécami : Exactement, tu sais ce que cela veut dire ?

Sila : Oui, que le Père Noël a besoin de notre aide, mais pourquoi faire ?

Bécami : Tout d'abord, notre Royaume ne ressemble en rien à ce que l'on dit à notre propos.

Sila : C'est-à-dire ?

Bécami : En fait, nous disposons bien de rennes, de lutins, de lutines et Mère Noël existe bel et bien mais chez nous, il y a bien plus de merveilles que cela.

Sila : Tu veux dire des êtres comme toi ?

Bécami : Oui mais pas seulement. Tout est féérique, tout est magique.

Sila : Oui, ça je veux bien te croire. Alors qu'est-ce qui vous arrive ?

Bécami : Pour que le Père Noël parvienne à répondre aux milliers de demandes des enfants des mondes, il utilise une machine à rêves. Cette machine nous permet de recevoir les rêves pendant leur sommeil, les analyse et les stocke sous forme d'énergie onirique. Puis, cette énergie est ensuite utilisée pour fabriquer des jouets sur mesure, parfaitement adaptés aux désirs de chaque enfant. Notre machine peut, si cela est nécessaire, modifier légèrement les rêves pour les rendre plus réalisables et/ou plus sûrs. Le problème que nous rencontrons actuellement, c'est que nous nous sommes aperçus qu'elle avait été remplacée par une autre qui ne fonctionne pas. Au lieu de créer les jouets, elle pétarade et soupire.

Sila : Elle pétarade ? Rien que ça...

Bécami pépia quelques secondes, un sourire au bec. Puis, il ajouta : "Le problème, c'est que cette machine est très onéreuse."

Sila : Pourquoi ? Ce n'est pas vous qui l'avez inventé ?

Bécami : Oui c'est exact mais les pièces ne sont pas gratuites, il faut aller marchander avec les fabricants et ce n'est pas une mince affaire. Il ne nous reste plus que vingt-quatre jours avant Noël, nous n'avons pas de temps à perdre !

Sila : Ah j'ai perdu un peu la notion du temps, je ne me doutais pas qu'on était si proche de Noël.

Bécami : Croyais-tu toujours au Père Noël avant mon arrivée ?

Sila : Je ne sais pas. Pourquoi ?

Bécami : Parce qu'il existe et qu'il veut te rencontrer.

Sila : Bon, dans ce cas, je serais ravie de lui rendre une petite visite. Je vais prévenir mes amis.

Bécami : Je t'attends.

Sila hocha la tête et partit voir ses compagnons qui se préparèrent rapidement. Tous furent prêts pour le départ en très peu de temps, Bécami leur dit : "Prenez place dans ce petit train !"

Sila : Ce n'est pas classique, je pensais trouver le traineau du Père Noël !"

Bécami : Je te l'ai dit, nous sommes différents.

Sila : Oui c'est clair, j'adore ! C'est tellement créatif !

Elle avait des étoiles pleins les yeux, ses amis aussi. Le petit train se mit à avancer sur des rails en poussière d'étoile à travers les univers à foison.

2

Ils arrivèrent rapidement au Royaume des neiges, auprès de la magnifique demeure du Père Noël. Ils demeurèrent sans voix pendant de très longues minutes. En effet, autour d'eux se trouvaient beaucoup de vie, d'agitation.

Ils furent rejoints par les Animamis, les membres de la famille de Bécami, tous originaires de Origanum. Ces derniers vivaient dans la demeure du Père Noël. Sur leur droite, ils pouvaient distinguer les esprits de la forêt qui aidaient à fabriquer les jouets en bois, conservant leur savoir-faire ancestral de générations en générations. Plus loin, ils virent les ondines des mers, des vaguelettes vivantes dotées de bras, de jambes et très bavardes aidant à créer des jouets de bain et d'eau. Sur leur gauche, se trouvaient les fées tisseuses, de délicates créatures en train de tisser des étoffes magiques pour les vêtements des enfants et de poupées.

Plus loin, ils apercevaient les esprits de la joie, des êtres lumineux qui répandaient la bonne humeur, le bonheur et le plaisir sous toutes ses formes. Et, sans oublier, les génies de la curiosité, ces petits êtres espiègles qui s'agitaient autour de tous les nouveaux jouets terminés afin de les tester, les découvrir et explorer toutes leurs fonctionnalités. Il y avait également les Gardiens des Souvenirs, des êtres sages qui conservaient les souvenirs de Noël et les transmettaient de génération en génération. Ces derniers ressemblaient à des "nuages", des "bulles" sur pieds et bras, toujours souriants et avenants.

Au niveau des enclos des rennes se trouvaient les sylphes des neiges, des êtres aériens, légers comme des flocons. Ces derniers maîtrisant les tempêtes et guidant le traineau du Père Noël ou son petit train en fonction.

Il y avait d'autres types d'ondine, cette fois de glace, capables de créer des sculptures de glace afin de rafraîchir les rennes fatigués. Un peu sur le côté, se trouvaient les gnomes des forêts alentours, de petits êtres rusés vivant dans les racines des arbres et connaissant les secrets des plantes médicinales. Ils étaient les premiers à aider à soigner les jouets abîmés ainsi que tous les habitants du Royaume des neiges.

L'on pouvait retrouver également, les salamandre des feux, de petites lézardes de feu vivant dans les cheminées et aidant à faire fondre les chocolats chauds de tout ce beau monde. On pouvait également distinguer les chrononautes, ces êtres capables de voyager dans le temps, chargés de s'assurer que la magie de Noël ne s'éteigne jamais.

Les gardiens des équinoxes, ces petits bonshommes-saisons, mystérieux, qui veillaient chaque année à ce que le passage des saisons arrivent sans encombre.

Et sur l'extrême gauche, il y avait d'autres ateliers dont ceux des mécaniciens célestes, des créatures fabriquant tous les jouets complexes, tels que les robots, les circuits, les trains miniatures, etc. Sur leur droite, se trouvaient les peintres étoilés, ces artistes qui décoraient les jouets avec des couleurs scintillantes et des motifs célestes. Il y avait également les tisserands d'illusions qui créaient des jouets qui semblaient vivants et qui pouvaient interagir avec les enfants.

Derrière Sila et ses amis, se trouvaient les Conteurs d'histoires, des êtres anciens qui transmettaient les légendes de Noël, tout proche d'eux, il y avait les musiciens des mondes, qui jouaient des instruments de musique venus des quatre coins des mondes, créant une ambiance festive et conviviale pour tous les habitants du Royaume. Et enfin, les Chefs cuisiniers du Royaume préparant de délicieux plats pour nourrir tout ce monde pendant les longues nuits d'hiver.

Sila regarda avec le sourire ses amis qui hallucinaient aussi du nombre de spécialités dans le Royaume. C'était pour le moins original et aucun d'eux n'aurait pu s'imaginer autant de merveilles. Bécami leur dit : "Soyez les bienvenus chez nous, je vous emmène près du Père Noël."

3

Sila et ses amis suivirent Bécami qui les menaient à l'intérieur de la demeure de ce dernier. Au moment d'ouvrir la porte, celle-ci s'ouvrit sur trois lutins souriants et à l'air farceur. L'un d'eux dit : "Soyez les bienvenus dans la demeure du Père Noël, c'est un grand honneur de vous rencontrer enfin ! Suivez-nous et ne nous perdez pas car c'est un véritable labyrinthe à l'intérieur."

Sila tourna sa tête vers ses amis qui souriaient. Elle ne savait pas encore trop pourquoi, mais ses trois lutins ne lui inspiraient pas confiance. Elle n'était pas du tout à l'aise, elle aurait préféré s'éloigner, mais elle avait été poussée par Javelette qui avait hâte de rencontrer le Père Noël.

Les lutins chuchotaient et se bousculaient mine de rien. Au bout d'un moment, ils arrivèrent enfin face à une grande porte scintillante et une fois ouverte, ils se retrouvèrent dans un univers féérique. Des milliers de lumière scintillantes, des odeurs de pains d'épices, de sapins, de chocolats chauds les enivrèrent. Au centre, un arbre de Noël géant, la machine à rêves attiraient tous les regards. Un petit renne timide de premier abord, les yeux brillants, les accueillit : "Bienvenue au bureau du Père Noël ! Je suis Renny, l'archiviste. Voulez-vous voir comment les rêves deviennent réalité habituellement ? J'ai créé un prototype de l'ancienne machine mais cela ne nous permet pas malheureusement de créer les jouets des enfants !"

Javelette semblait fascinée par toutes les merveilles qui se trouvaient autour d'eux. Elle s'approcha de ce dernier et le caressa longuement. Même Charioton et les siens se laissaient emporter par la magie de Noël. Seule Sila observait toute la pièce sans dire un mot. Elle ne se sentait pas bien du tout, elle avait la tête lourde et était vertigineuse. Elle eut besoin de s'asseoir. Elle dit à Charioton : "Où puis-je m'asseoir ?" Ce dernier n'eut pas le temps de répondre qu'elle s'était laissé tomber contre la machine à rêves. Dès qu'elle l'a toucha, elle disparut de devant les siens qui mirent quelques minutes avant de réaliser ce qui venait de se passer, toujours sous le choc.

4

Charioton se mit à siffler tout en regardant dépité ses amis, Javelette aussi n'avait rien vu arriver, elle ne s'était pas méfiée.

Elle se tourna vers Renny et Bécami et elle leur dit : "Mais que s'est-il passé ? Où est Sila ?"

Renny : Je n'en sais rien, mais moi la question que je me pose, c'est où sont passés les trois lutins qui vous ont emmenés ici !

Javelette et ses amis n'avaient même pas remarqués leurs disparitions. Alors qu'ils demeuraient muets de stupeur, ils entendirent tout d'un coup un son assez familier : "Oh Oh Oh ! Voilà enfin celle que j'attendais depuis longtemps."

Puis, quand il se rendit compte de son absence, il dit : "Mais où est Sila ?"

Renny s'approcha et lui dit : "Père Noël, elle s'est sentie mal en arrivant ici, elle était accompagnée des trois derniers lutins à nous avoir rejoints et elle a disparue avec la machine à rêves et les lutins également."

Père Noël : Ça par exemple ! Mais où est-elle bien passée ? De quels lutins parles-tu ?

Renny : Vous savez bien Père Noël, les trois lutins inséparables depuis leur arrivée.

Père Noël : Ils ne sont jamais venus me rencontrer, tu sais bien qu'ils leur faut signer un contrat, quels sont leurs noms ?

Renny : Ils ont dit s'appeler Pif, Paf, Pouf.

Charioton tiqua en entendant ses noms, il regarda ses compères qui hochèrent la tête de manière imperceptible. La résolution du mystère de la machine à rêves allait se transformer en enquête pour découvrir où était passée Sila et surtout qui en était l'auteur. Charioton s'était attaché à Sila, elle était toujours agréable, souriante et de bonne humeur. Elle s'occupait d'eux, elle les invitaient régulièrement à manger avec elle. Elle était devenue une jeune femme avec un caractère bien trempé, bien différent de ce qu'elle aurait été si sa vie n'avait pas évolué.

Javelette s'exclama : "Père Noël, je suis ravie de vous rencontrer, je suis une amie proche de Sila, ainsi que mes compagnons ci-présents. Nous regrettons de vous voir dans ces conditions. Cela dit, vous allez l'air de dire que vous ne connaissiez pas ces trois lutins, comment cela se fait-il ?"

Père Noël : C'est qu'il y a beaucoup de passage dans ma demeure. Habituellement, c'est Mère Noël qui s'en occupe mais elle s'est absentée ces derniers temps pour marchander avec les fabricants des différentes pièces afin de créer une nouvelle machine à rêves.

Javelette : Je dois vous poser une question importante. En arrivant ici, nous avons découvert que votre monde était peuplé de merveilleuses créatures différentes, toutes spécialisées dans plusieurs domaines de fabrication de jeux et cadeaux en tous genres. Ne pensez-vous pas qu'ils pourraient mal vivre votre utilisation de cette machine plutôt que de mettre en avant leur savoir-faire ?

Père Noël : Pas du tout, c'est eux qui me l'ont réclamé, à vrai dire. Parce que nous ne nous contentons pas de distribuer des cadeaux sur la Terre mais partout dans les mondes. Et cela fait vraiment beaucoup plus d'enfants à combler, la machine, tant qu'elle fonctionnait, leur permettait de se concentrer sur leurs tâches, sans bâcler leurs talents. Une fois, qu'ils terminent un jeu, ils le font tester et une fois validé, ils le font emballer au nom de l'enfant. Ainsi, chacun y trouve son compte. Cela permet que tout le monde soit plus serein dans la création des cadeaux.

Javelette : Ah c'est bien, je craignais qu'ils ne voient cela comme un rejet, ou quelque chose comme ça.

Renny s'approcha et dit : "Cela dit, maintenant que vous connaissez la vérité, je viens d'apprendre que Pif, Paf, Pouf ne se sont jamais mêlés aux autres lutins."

Le Père Noël se gratta la tête avant de remettre son bonnet avec son pompon. Il s'affala sur son fauteuil et semblait dépassé par les évènements. Il regarda son calendrier et dit : "Il ne reste que vingt-quatre jours avant Noël ! Comment allons-nous faire ?"

Charioton sifflota, Belmon dit : "Ne vous inquiétez pas, nous allons nous en occuper."

Javelette se rapprocha d'eux et leur dit : "Savez-vous qui sont ces trois lutins ?"

Luniaque : Nous avons des pistes, nous devons les vérifier. Nous allons nous séparer et nous nous retrouverons plus tard pour faire le point.

5

Sila se fit mal en tombant dans un tunnel sombre et malodorant. En tout cas, elle pensait se trouver dans un endroit similaire. La machine se mit à parler à voix basse : "Je suis désolée Sila, je ne voulais pas t'entraîner avec moi, mais j'ai été programmé ainsi pour t'emporter sans tes amis."

Sila ne comprenait pas bien, elle finit par dire : "C'est toi la machine qui me parle là ?"

Celle-ci lui répondit : "Oui, c'est bien moi."

Sila : Mais que s'est-il passé ? Où sommes-nous ? Et que m'est-il arrivé ?

La machine : Tout d'abord, tu mérites que je me montre honnête et sincère avec toi, alors je vais commencer par te donner mon nom. Je m'appelle Mécasie, j'ai été inventé par les lutins Cloudo, Surprise, Canelle, Sage, Calme, Coloris, Artiste et Eclair. Ils se sont entraidés pour finalement me créer et grâce à la magie de Noël, j'ai pu devenir vivante et communiquer. Mais lors de ma première nuit, j'ai été visité par Pif, Paf et Pouf qui venaient d'arriver chez le Père Noël. Ils m'ont observé et m'ont testé, puis ils ont sorti leur bloc-notes et ont griffonné plusieurs choses dedans. J'ai cru qu'ils avaient terminés mais ils sont revenus à la charge et m'ont déplacé des pièces qui me composent. J'avais vraiment mal, mais je ne pouvais rien dire, car j'étais destiné à parler qu'en ta présence.

Sila : Enchantée Mécasie, ce que je ne comprends pas c'est ce que nous faisons ensemble, pourquoi t'ont-ils saboté ? Qui sont-ils ? Pour qui travaillent-ils ?

Mécasie : Je n'en sais rien.

Sila portait sur elle, plusieurs fioles de la Source, pour le cas où. Elle lui dit : "Je vais essayer de te réparer, s'il-te-plait, si tu as mal, préviens-moi sans hurler."

Mécasie hocha la tête. Sila fit couler de l'eau sur cette dernière qui sursauta mais qui ne dit rien. Au début, elle semblait souffrir puis elle se calma peu à peu et l'on pouvait la voir se décontracter. Elle finit par pousser un soupir de soulagement et lui dire : "Comment as-tu fait ?"

Sila sourit et répondit : "J'ai utilisé l'eau de la Source, j'en garde toujours plusieurs fioles sur moi, pour le cas où."

Mécasie : Je n'ai plus mal, ça m'a soigné. Peut-être que je pourrais remarcher, ce qui permettrait de sauver Noël.

Sila : Oui, j'espère mais pour cela, nous devons retourner auprès du Père Noël et c'est loin d'être gagné. Je n'arrive toujours pas à distinguer où nous sommes. Tu as une idée ?

Mécasie : Non pas du tout. C'est la première fois que je suis ailleurs que chez le Père Noël. Je n'ai aucune idée d'où nous pouvons être.

Sila : Reste-là, je vais explorer les lieux.

Mécasie : Je viens avec toi, j'ai peur toute seule.

Sila : D'accord, alors tiens-toi à mon pull. Celle-ci hocha la tête. Grâce à la faible lumière des boutons qui la composait, elle permettait à cette dernière d'entr'apercevoir les environs. Alors qu'elles marchaient à quatre pattes, elles se heurtèrent à un bloc. Elles entendirent : "Oh non non non, vous n'irez nulle part !"

Puis un rire à glacer le sang de n'importe qui...

6

Tout à coup, une lumière vive et quasi hypnotique s'alluma. Sila se sentit mal sur le champs. Elle ressentait une vive haine à son encontre mais également un dédain pour cette fête très attendue partout dans les mondes.

Mécasie tremblait, elle s'accrochait fermement à cette dernière. La voix était pourtant connue d'elle. Elle n'osait rien dire de peur de quelconques représailles.

Sila prit sur elle et se tourna vers Mécasie et lui dit : "Permets moi de te porter dans les bras, ainsi tu n'auras pas à rester seule."

Cette dernière hocha la tête. Dans un ultime effort, Sila se redressa, attrapa la machine à rêves et se tint debout face à… Mère Noël, enfin une caricature de cette dernière.

Celle-ci était plutôt diabolique, elle portait un manteau de flammes, prêtes à la brûler au moindre faux mouvement, elle avait un bonnet cramoisi et en guise de pompon, un œuf de serpent.

Au lieu d'un sourire chaleureux, son visage était renfermé, acariâtre et mauvais. Sila explosa de rire et lui dit : "Vous vouliez me faire peur ? Ne savez-vous pas que j'en ai vu d'autres des folledingues avant vous ?"

Mère Krach lui dit : "Eh bien, tu verras toute ma puissance une fois dehors !"

Puis, elle entendit une voix lui dire : "Non, non, ce n'était pas le plan, il faut toujours que tu en fasses trop. Emmène-là, dans la cabine immédiatement !"

Sila comprit alors que cette ennemie avait un chef au-dessus d'elle. Qu'allait-elle encore découvrir ?

Pendant ce temps, Javelette accompagnée de Renny et Bécami et Charioton interrogeaient tous les lutins qui avaient construit cette machine à rêves, tentant d'en savoir plus sur les spécifications de cette dernière.

Tous les autres amis de l'oiseau en verre partirent en un clin d'œil rejoindre un autre monde, bien connu d'eux mais qu'ils taisaient depuis fort longtemps, espérant sans doute qu'en l'ignorant, personne n'envisagerait d'attaquer ouvertement.

Ils arrivèrent rapidement sur les lieux et purent constater que rien n'avait changé. Autour d'eux se trouvaient des ruines, des grottes et des… bureaux ! Et ça, c'était nouveau ! Qu'était-ce encore ? Ils s'en approchèrent et retrouvèrent Sila portant la machine à rêves debout, en train de fixer un point dans la pièce. Que se passait-il encore là-dedans ? Quel était leur plan à présent à ces fauteurs de trouble ? Qui était cette "femme" horrible qui se tenait à leurs côtés et qui dégageait de la haine à leur encontre ? Bien des choses nouvelles s'étaient passées, semblait-il, qu'ils n'avaient pu arriver. Ils décidèrent de se scinder en deux groupes, l'un resterait sur place pour observer et intervenir au bon moment, et l'autre repartirait auprès de Charioton et Javelette pour lever le mystère sur le monde du Royaume des neiges, qui semblait corrompu depuis un certain temps. Il fallait à tout prix découvrir la supercherie au plus vite !

7

Mère Krach s'agitait et réclamait de Mécasie qu'elle fasse apparaitre des bombes prêtes à exploser. Sila assistait impuissante à cette folie. Elle la coupa net dans son élan et lui dit : "Mère Krach pouvez-vous me présenter votre supérieur, je sais que vous en avez un, je souhaiterais m'entretenir avec lui maintenant."

Mère Krach : C'est impossible, c'est lui qui décide quand il apparait, je ne peux rien faire pour toi. Et puis d'abord, tu devras te contenter de moi. Si tu n'es pas contente, tu peux retourner dans ton cagibi.

Sila : Non merci, sans façon. Mais si je peux me permettre, ce que vous demandez à Mécasie est impossible car elle a été fabriquée uniquement pour transformer les rêves des enfants en jouets. Elle ne peut donc rien faire d'autres.

Mère Krach hurla si fort que les amis de Sila, restés là en observation, l'entendirent. Ils se rapprochèrent et tapèrent aussi doucement que possible sur la vitre pour se faire voir de cette dernière. Après un temps, elle tourna la tête et les aperçut. Elle esquissa un très léger sourire imperceptible par cette folle alliée et fit comme si de rien était. Elle semblait soulagée de voir qu'ils savaient où elle se trouvait. C'était un avantage pour elle. Elle se décrispa un peu et dit à celle-ci : "Ecoutez, je ne sais pas pourquoi mais j'ai la sensation que vous avez un lien de parenté avec la véritable Mère Noël, est-ce normal ?"

Mère Krach ne s'attendait pas du tout à cette remarque, elle lui dit : "Répète ce que tu racontes."

Sila répéta alors ses propos et ajouta : "Il n'y a pas de problème, si vous faites partie de sa famille, vous pouvez me le dire, je ne piperai mot. Vous pouvez avoir confiance en moi."

Mère Krach : Oui bien sûr, dis celle qui a été kidnappée par nous, les ennemis des mondes.

Puis, elle entendit : "Idiote, tu ne sais donc pas te taire...Autant me montrer immédiatement, je ne peux pas te faire confiance."

Sila qui avait désiré voir son supérieur ne fut pas au bout de ses surprises, du pompon du bonnet de la Mère Krach sortit un serpent avec une tête d'homme qui portait un bandeau sur une moitié de son visage. Il le retira et Sila put constaté que sa peau était brûlée et qu'il ne lui restait plus que les os et les dents visibles. Toute la moitié de son visage avait disparu, il était hideux et pour ne pas montrer cette faiblesse engendré par des ennemis qu'il n'avait plus revu depuis très longtemps, il cachait son état avec ce bandeau, lui donnant un air de pirate mal léché. Il serpenta autour de Sila et lui dit dans un langage méconnu d'elle : "Toi, tu vas venir avec moi, immédiatement !"

Sila : Non, je n'irai nulle part avec vous. Je souhaitais vous voir mais pas vous suivre aveuglément.

Il l'attrapa et l'emmena dans une autre pièce où grâce à Dieu, ses amis en verre avaient une vue. Ils pouvaient donc à loisir guetter les actions d'Ecailleux, qu'ils avaient déjà eu l'occasion de rencontrer et de défigurer.

Il ne leur avait pas manqué et ils semblaient vraiment dépités de le revoir en si bonne forme et prêt à saccager les mondes, comme au bon vieux temps.

8

Ecailleux rampait autour de Sila et sifflait avec sa langue de serpent. Il lui donnait le tournis, elle finit par lui dire : "Vous pouvez arrêter de tourner autour de moi, ça me dérange beaucoup. Venez-en au fait, je déteste les gens qui tournent autour du pot."

Ecailleux répondit alors : "Tu vas m'être utile pour la mission ultime de toute mon existence."

Sila : Qui est ?

Ecailleux : J'aime ton impatience, tu es directe, tu n'as pas froid aux yeux.

Sila : Les flatteries ne fonctionnent pas avec moi, allez droit au but, vous m'agacez maintenant.

Ecailleux : Etais-tu accompagnée des animaux en verre ?

Sila : Pourquoi ?

Ecailleux : Réponds à ma question !

Sila : Non, je ne répondrais pas à cela.

Ecailleux : Cela veut donc dire que c'est le cas.

Sila : Non, ça ne veut rien dire du tout. Cela veut dire que cela ne vous regarde pas et que je ne répondrais pas à des questions personnelles.

Ecailleux : Tu les défends, comme c'est mignon. Cela dit, ils n'en ont pas besoin. Savais-tu que c'est eux qui m'ont rendu ainsi défiguré ?

Sila : Non, je ne le savais pas mais je m'en fiche, s'ils l'ont fait, ils devaient avoir de bonnes raisons.

Ecailleux : Sache que je n'ai pas toujours été ainsi, à vouloir détruire les mondes, à empêcher les fêtes d'avoir lieu.

Sila : Si vous le dites.

Ecailleux : Ce que tu peux être impertinente ! C'est insupportable !

Sila : Vous vous contredisez, vous veniez de dire que vous appréciez bien mon caractère, il faudrait savoir vieux serpent tout rabougri.

Ecailleux s'approcha d'elle dangereusement et était à deux doigts de la piquer. Elle le regarda dans le blanc de l'œil et lui dit : "Même pas cap !"

Il apposa sa langue sur sa peau et la retira aussitôt. Chaque matin, elle s'aspergeait d'eau de la Source, cette eau pénétrait dans sa chair, ce qui lui permettait de toujours être protégée des ennemis en tous genres qu'elle pouvait rencontrer. Ce fut le cas pour Ecailleux, une fois de plus. Sa langue tomba instantanément de sa gueule, il se retrouva sans aucun moyen de communiquer. Plus aucun son ne put sortir. Il n'avait plus que son œil valide pour pleurer. Il s'enroula autour d'elle, sur ses vêtements à la serra très fort pour l'étrangler.

Là, les animaux en verre cassèrent la vitre et les rejoignirent. En quelques instants, Ecailleux fut abattu à coups de becs, de crocs, de sabres en verre. Il ne restait de lui plus qu'un amas de sang, de chair en décomposition qui disparut de devant eux. Sila encore sonnée par la force du disparu, leur dit : "Mais bon sang, qui était-il ?"

Amayeur : C'est une longue histoire, disons qu'il était des nôtres, enfin nous l'avions accepté parmi nous, mais il nous a fait des crasses, il a voulu nous monter les uns contre les autres et a joué la carte de la manipulation. Nous l'avons donc attaqués et après quelques temps, il a disparu. Nous l'avons recherché pendant des mois et avons fini par le retrouver dans cet endroit. Il était défiguré comme tu as pu le constater, c'était un avertissement pour tous les méfaits qu'il avait tenté de mettre en place. Nous ne sommes pas aveugles, nous reconnaissons les traitres, les pourris, les manipulateurs, les menteurs des autres et il n'en a pas réchappé. Tant pis pour lui.

Sila : D'accord, je comprends mieux. Mais pourquoi utiliser Mère Krach et les trois lutins Pif, Paf, Pouf ?

Amayeur : Comment connais-tu leurs noms ?

Sila : Je n'en sais rien. Je les connais, c'est tout.

Bériot : Ce sont tes capacités qui se réveillent, ton intuition, ton savoir qui prennent le dessus et heureusement que tu as toujours l'eau de la Source avec toi et sur toi.

Sila : Oui, c'est certain. En même temps, ce n'est pas pour rien que je me suis installée près d'elle. C'est un lieu protégé et magnifique, je ne pouvais pas choisir meilleur endroit. Cela dit, maintenant que son compte est réglé, nous devons retourner auprès de Mécasie et la Mère Krach.

Bériot : Qui est Mécasie ?

Sila : C'est la machine à rêves, elle est vivante. Elle était destinée à parler qu'avec moi. Mais lorsque nous sommes arrivés dans le grand bureau du Père Noël, je me sentais déjà mal depuis que les trois lutins nous avaient ouverts les portes de la demeure de ce dernier et dans son bureau, ce sentiment s'est encore aggravé, j'ai ressenti un espèce de malaise, de vertige et j'ai eu besoin de m'asseoir. C'est pour cette raison que je me suis laissé tomber contre Mécasie, ne pouvant faire autrement. Mais je ne m'attendais pas à disparaitre avec elle. Nous devons la rejoindre au plus vite.

Ces derniers hochèrent la tête, réduisirent leurs tailles et se postèrent dans ses vêtements, prêts à intervenir quand l'occasion se présenterait.

9

Javelette, Charioton et Storitite poursuivaient leur investigation. Ils avaient déjà interrogés tous les lutins et aucun d'eux ne connaissaient Pif, Paf et Pouf. Etrangement, ils ne les avaient jamais vu non plus. Les deux amis en verre se regardèrent et comprirent que la demeure du Père Noël avait été corrompue par d'autres. Ils avaient eu des nouvelles de Sila par la moitié de leurs compères qui étaient venus les informer des derniers évènements la concernant. Alors qu'ils inspectaient les lieux, ils entendirent le Père Noël s'exclamait : "Enfin, te revoilà !"

Ils décidèrent de retourner auprès de lui et ils découvrirent Mère Noël qui apprenait les faits concernant les lutins mais aussi la disparition de la machine et de Sila.

Elle semblait bien agacée, un peu trop même. Charioton s'approcha et lui dit : "Bonjour, Mère Noël, comment allez-vous ? Que pensez-vous de cette affaire ?"

Mère Noël : Je n'en pense rien, c'est à vous de les retrouver.

Javelette ne comprit pas cette réflexion, elle lui répondit alors : "Mais que racontez-vous là ? Sila a été demandé par le Père Noël, ce n'est pas pour que vous nous répondiez aussi froidement la concernant."

Mère Noël : Il l'a fait pendant mon absence, si j'avais été là, je ne l'aurais pas laissé faire.

Javelette se tenait debout face à elle, les pattes croisées sur sa poitrine, elle se tenait sur ses pattes arrière, elle lui dit d'un air très mécontent : "Qu'est-ce que ça veut dire ça ? Que vous n'aimez pas mon amie ?"

Mère Noël : Non, ce n'est pas cela. Mais nous n'avons pas besoin d'elle.

Le Père Noël trouvait étrange ses réactions, il prit à part Charioton et Storitite et leur dit : "Je ne sais pas qui elle est mais elle n'est pas Mère Noël, je m'étais entendu avec elle pour vous faire venir, à l'en croire maintenant, elle était contre."

Storitite : Cela confirme nos soupçons.

Père Noël : Que voulez-vous dire ?

Storitite : C'est simple, étiez-vous au courant que votre femme Mère Noël avait une sœur jumelle ?

Ce dernier semblait très étonné, il manqua de tomber sur Renny qui le retint in extremis. Charioton l'aida et ajouta : "Bien, au vu de votre réaction, on comprends que vous n'étiez pas au courant. Mais n'avez-vous jamais eu de doutes plus jeune concernant Mère Noël, n'a-t-elle jamais été différente dans son comportement, dans son caractère, dans ses paroles, ne s'est-elle jamais contredit ?"

Le Père Noël réfléchit un moment, mais sa tête était vide. Renny fut rejoint par Canelle, la lutine qui écoutait avec attention ces derniers et qui finit par dire : "Si, moi je travaille ici depuis le début et je peux vous dire que souvent, elle changeait d'humeur sans raison. Mais je sais que la véritable Mère Noël n'est pas celle qu'elle prétend car ses yeux ne sont pas les siens."

Père Noël : Mais de quoi parles-tu Canelle ?

Cette dernière se tourna vers celui-ci et lui dit, l'air penaud : "Oui Père Noël, ses yeux se modifient en fonction de son état. Et la plupart du temps, elle est de mauvaise humeur, elle nous maltraite et elle nous surveille, elle est toujours prête à nous punir, soi-disant que notre travail est bâclé, etc."

Le Père Noël se redressa, outré par les propos de la lutine et retourna, déterminé près de cette imposteur, il lui dit : "Montre-moi tes yeux !"

Mère Noël : Pourquoi ferais-je cela ? Ne vois-tu pas que je suis fatiguée ? Laissez-moi me reposer, ce n'était pas de tout repos que de rechercher toutes les pièces pour cette machine.

Pour la première fois, le Père Noël ne l'écouta pas et releva sa tête, l'obligeant à le fixer. Alors qu'il se concentrait sur ses yeux, il vit apparaitre deux minuscules serpents les traversaient. Il s'écarta, perdant son souffle. Charioton et Storitite l'attrapèrent par derrière et lui dirent : "Nous savons qui tu es, montre-toi maintenant !"

Mère Noël : Je ne comprends rien de votre charabia. Vous avez tous perdus la tête.

Javelette imitait toujours Sila, elle sortit son petit tube remplit d'eau de la Source, elle lui en versa quelques gouttes sur la tête, cette dernière se transforma en Mère Krach. Les deux amis en verre ainsi que Javelette disparurent et rejoignirent Sila et leurs autres congénères.

10

Parallèlement, Sila avait tenté de rejoindre la Mère Krach, mais elle n'avait retrouvé que Mécasie avec la Mère Noël qui semblait avoir été touché par un grain de folie. En effet, celle-ci répétait les mêmes phrases en boucle : "Je suis bien ce que je suis et personne ne peut remettre cela en cause."

Elle étreignait Mécasie qui versait des larmes, elle devait avoir mal. Lorsqu'elle vit Sila revenir avec ses amis dans les poches, elle se calma peu à peu. Elle avait craint qu'il ne lui soit arrivé quelque chose.

Sila marchait tout doucement mais par mégarde, elle heurta une bille qui n'avait rien à faire là. C'était en fait, une alerte, et elle le comprit plus tard, pour la Mère Noël qui se releva et qui hurla, telle une hystérique, les cheveux en bataille : "Qui va là ? Attention, je suis armée, je vais mettre fin aux souffrances de cette fichue machine."

Sila était proche d'elle et répondit : "Ne faites rien que vous pourriez regretter !"

Mère Noël : Comment avez-vous fait pour arriver si vite ?

Sila haussa les épaules, elle lâcha : "Pouvez-vous me donner la machine s'il-vous-plait ? "

Mère Noël : Non, pas question !

Sila : Pourquoi ? Que représente-t-elle pour vous ?

Mère Noël : Elle est notre espoir de retourner chez nous, enfin ! Et de nous libérer de l'emprise d'Ecailleux.

Sila : Oh le concernant, le problème est réglé définitivement. Il est mort, il ne vous dérangera plus.

Mère Noël : C'est impossible ! Il est immortel.

Sila : Je peux vous assurer qu'il ne l'était pas, loin de là. Personne n'est immortel, dans les mondes.

Mère Noël : Tu mens ! Il est là quelque part et attends juste pour nous tomber dessus.

Sila : Mais j'ai une question importante, je ne comprends pas ce que vous faisiez avec votre sœur et Ecailleux, comment vous a-t-il tenu ?

Mère Noël : C'est une très longue histoire. Ma sœur et moi étions seules au monde, nos parents ayant disparus depuis fort longtemps. Nous nous entraidions, nous avons croisés la route d'Ecailleux, ou plutôt, il nous a trouvés. Il nous a pris à part et nous a dit à chacune des choses différentes, à moi c'était que j'étais plus belle et plus douce que ma sœur et que j'aurai un avenir auprès du Père Noël qui en était à ses débuts, il m'a expliqué qu'il fallait que je reste près de ce dernier et qu'en échange, ma sœur et moi pourrions obtenir ce que nous voudrions de lui. Mais ce genre n'est jamais arrivé.

Sila : Je ne comprends rien, tout ce que vous dites n'a pas de sens. Vous avez mal vécus, mais ce n'était pas une raison pour choisir la facilité et rejoindre une ordure. C'était votre choix. Et les trois lutins, où sont-ils ?

Mère Noël : Quels lutins ?

Sila : Oh ne jouez pas avec moi ainsi, je parle de Pif, Paf et Pouf bien sûr.

Mère Noël : Je jure que je ne sais pas de qui il s'agit.

Ses amis en verre sortirent de leurs cachettes et retrouvèrent leur taille habituelle, ils s'approchèrent de cette dernière, ils furent rejoints par Charioton, Storitite, Javelette et Mère Krach qui avait un bâillon dans la bouche. Ils les touchèrent et de leurs oreilles sortirent les lutins qui pestaient contre eux. Ils leur sautèrent dessus et hurlèrent : "Nous sommes les vrais lutins, suivez-nous, nous allons vous mener au véritable Père Noël. L'autre est un imposteur, il nous a tout pris, tout volé. Nous avons rejoints le Royaume des neiges pour saboter leurs préparations comme cet escroc l'avait fait il y a longtemps avec le véritable Père Noël, nous laissant sur la paille."

Javelette : Je ne comprends pas, de quoi parles-tu ?

Bériot : Ne les crois pas, ils mentent !

Pif fit apparaitre une fumée colorée dans laquelle apparaissait le village du Père Noël avec les rennes, les lutins et ce dernier, avachit et désespéré de ne plus avoir de crédibilité depuis des décennies à cause de l'autre Père Noël qui lui avait tout volé.

Javelette : Mais s'ils ne sont pas ce qu'ils disent, qui sont-ils ?

Sila : Oui, elle a raison, qui sont-ils ? Et quel est le rapport avec la Mère Noël et la Mère Krach ?

Charioton : Il n'y a pas de rapport, il n'y en a pas. Nous devons retourner auprès du Père Noël, nous allons le ramener ici, nous verrons sa réaction. Restez-là, je reviens immédiatement.

11

Charioton retrouva le Père Noël en train de se frotter les mains et de ricaner tout seul. Il n'avait pas entendu qu'il avait de la compagnie, il sortit un rouleau en papier qu'il déroula sur son grand bureau et le lut en vitesse. Les écritures se mirent à s'illuminer, il referma le tout et le rangea dans son tiroir. C'est ce moment-là que Charioton choisit pour le stopper dans son geste et l'emporter avec le rouleau avec qu'il ne touche le fond du tiroir. Ils retournèrent auprès des autres. Lorsqu'il vit Mère Noël et Mère Krach, il blêmit et finit par dire : "Ah, mais qui sont-elles ?"

Charioton lui arracha avec son bec le rouleau de la main et le tendit à Sila. Celle-ci le déroula et y découvrit la supercherie. Dessus était indiqué le contrat qu'il avait signé avec Ecailleux indiquant qu'il devenait l'héritier légitime pour devenir le Père Noël avec plus de classe et plus de pouvoirs, plus de main-d'œuvre, plus de charisme, etc. Il était également mentionné que le vrai Père Noël se retrouverait effacé, évincé de la surface des mondes, demeurant inexistant pour tous les enfants. Et, non seulement il lui avait volé son travail annuel de toute une vie mais il lui avait également volé son épouse, la Mère Noël. Quant au sujet de Mère Krach, elle l'était devenue par intermittence, se faisant passer pour sa sœur pour tenter de saboter l'imposture de ce faux Père Noël, demeurant toujours fidèle et loyale au véritable Père Noël. Pif, Paf et Pouf étaient tous les trois issus du véritable Royaume du Père Noël, celui à qui on avait tout prit. Chaque année qui passait le rapprocher toujours un peu plus de sa fin et ne le supportant plus, les lutins aidés des deux sœurs mirent au point un stratagème pour tenter de renverser les fourbes derrière le plus grand canular des siècles.

Mais la question qui subsistait était de savoir comment ce faux Père Noël avait connu Ecailleux, alors une fois qu'elle eut lut le parchemin, elle se tourna vers ce dernier et lui dit sur un ton sec : "Bien maintenant, expliquez-nous comment vous avez rencontré Ecailleux."

Le faux Père Noël : C'est simple, c'est moi-même. Hahaha !

Les animaux en verre lui sautèrent dessus, Javelette écarta Sila de ce dernier. Les deux sœurs de Noël, les trois lutins et Mécasie assistaient à cette scène sans dire un seul mot. Ils attendirent qu'ils aient terminé pour découvrir qui il était. Au bout d'un moment, ils découvrirent Saurien, le frère d'Ecailleux et Père Sanctions qui n'était autre qu'un Père Punisseur. Ce dernier était l'ennemi de l'esprit de Noël et tout ce que cela impliquait, il s'était allié à Saurien et tous deux avaient pris l'apparence du Père Noël escroqué pour jouer son rôle pendant quelques années afin de ne pas éveiller les soupçons puis avaient mis en place un plan pour éliminer les fêtes de Noël, dans le but ultime d'éradiquer les enfants des mondes, puis les populations et régnaient en maîtres partout.

Sila dit finalement : "Mais alors pourquoi Bécami m'a fait appeler ?"

Saurien : Ce stupide oiseau n'aurait jamais dut, mais il venait du vrai monde de Noël et nous aurions dû nous en méfier.

Bécami apparut comme par enchantement du Royaume des neiges et il ne fut pas le seul, tous ceux que Sila et ses amis avaient aperçus en arrivant étaient en fait issus du monde de Noël et tous avaient, à présent hâte de rejoindre leur vrai Père Noël, le seul et l'unique.

Sila dit alors à ses amis en verre : "Qu'allez-vous faire d'eux ?"

Charioton : Nous allons les emmener et les jeter dans la Source comme à chaque fois. Attendez-nous là, nous vous accompagnerons vers le monde de Noël, nous lui expliquerons tout ce que nous avons découverts et ainsi nous pourrons sauver Noël comme c'était prévu au départ.

Sila, Javelette et tous les membres du premier monde de Noël hochèrent la tête, ils avaient hâte.

12

En attendant que leurs amis en verre reviennent, Sila souleva un problème majeur et entraîna Javelette un peu à l'écart de tout ce beau monde. Celle-ci comprit qu'elle avait un problème, elle lui dit alors : "Qu'y a-t-il ?"

Sila : C'est simple, comment cela se fait-il que j'ai pu me sentir aussi mal auprès des trois lutins ? Et comment cela se fait-il que les deux sœurs Noël et Krach aient pu être en même temps mariées à un seul Père Noël, je ne sais pas, pour moi, cette histoire ne tient pas.

Javelette : Tu penses qu'il y a encore des zones d'ombres ?

Sila : Oui, j'en suis certaine. Enfin, regarde-les discrètement, ils ont l'air bizarre. Je ne suis pas très à l'aise ni très convaincue…

Javelette se tourna de côté et les observa à la dérobée et constata qu'effectivement, ils se regardaient sans pour autant se sentir à l'aise auprès des autres. Elle lui dit : "Mais que va-t-on faire ? Et qui sont-ils alors ?"

Sila : Je ne sais pas si nous le saurons mais je n'irais nulle part avec ces cinq là… Ça tu peux me croire ! J'attends que nos amis reviennent et je leur dirais. Nous aviserons à ce moment-là.

Javelette hocha la tête. Après quelques minutes, Charioton revint avec ses amis et ils remarquèrent que Sila se tenait à distance des autres, il jeta un coup d'œil rapide aux siens, sans dire un mot et tout en s'approchant d'elle, lui dit : "Que se passe-t-il Sila ?"

Sila soupira et répondit : "Je ne sais pas si j'ai envie de savoir qui ils sont, mais je suis fatiguée de toutes ces histoires à dormir debout, j'ai envie de rentrer chez nous. Mais pour cela, nous devons terminer notre mission pour Noël."

Javelette prit la suite, voyant son amie lasse : "En fait, elle m'a fait remarquer que les deux sœurs et les trois lutins n'étaient pas normaux auprès des autres. Et puis, pourquoi s'était-elle sentie mal à l'aise à leur contact s'ils avaient été normaux ? Ce n'est pas logique !"

Charioton sourit. Asmité s'approcha et rétorqua : "Vous savez quoi ? Vous avez raison. Nous attendions juste que Sila s'en rende compte…"

Javelette : Super ! Qui sont-ils du coup ?

Craniaque et Bastre ensemble : "Les deux sœurs ont suivies de leur plein gré Saurien et Père Sanctions. Elles espèrent retourner auprès du vrai Père Noël et lui poser problème afin qu'il craque et qu'il leur cède son travail, pour poursuivre leur travail commun avec Ecailleux, Saurien et Père Sanctions."

Javelette : Je ne comprends pas, elles avaient l'air de vouloir vraiment les quitter au contraire…

Margent : Oui, il est facile de faire semblant, crois-moi on a l'habitude de ces faux-jetons qui font genre de se repentir mais qui n'en pensent pas un mot. C'est ce que l'on appelle des pourris.

Javelette : Ah oui ça c'est sûr. Je suis écœurée. Et concernant les trois lutins ?

Asuel, Mémalot parlèrent en même temps : "Pif, Paf, Pouf sont bien issus du monde du vrai Père Noël, ils ont été "possédés" pour devenir mauvais. À priori, ils ne sont pas passés de l'autre côté, ils n'ont pas rejoints les autres."

Sila : Vous en êtes sûrs ? Je ne les sens pas du tout…

Charioton : Il n'y a qu'un seul moyen de le savoir, applique-leur un peu d'eau de la Source, nous verrons bien ce qui se passe.

Sila hocha la tête. Elle se sentait fatiguée, cela faisait longtemps qu'elle n'avait pas ressentie une aussi grosse fatigue ! Cela ne lui avait pas manqué.

Elle prit la patte de Javelette et l'aile de ce dernier, fit un signe de tête à tous les autres animaux en rêves et sortit une petite fiole d'eau de la Source. Elle en plaça une goutte sur chacun des trois nains, qui ne supportèrent pas. Ils se mirent à se déformer, à modifier leurs voix et à changer d'apparence. Tous les véritables compagnons du véritable Père Noël, qui avaient enfin la capacité de parler, de s'exprimer en toute liberté, s'exclamèrent : "Mais qui sont-ils ?"

Sila : Oui, j'aimerais bien savoir aussi. Mais je sentais que je ne me trompais pas les concernant. Je me suis rarement sentie aussi mal.

Ces derniers s'étaient transformés en... trois géants cafards qui remuaient sans cesse leurs antennes !

Javelette s'exclama : "Mais quelle horreur ! Qui sont-ils ?"

Bériot : Ils viennent d'un monde éloigné, qui est commandé par Caombre, le cafard nuisible. Cela faisait longtemps qu'on ne l'avait pas vu dans les parages, ni ses sbires.

Sila fut attrapé par l'un des trois cafards et serrée très fort à la gorge. Ne parvenant plus à respirer, elle tomba au sol, après qu'il l'est lâché grâce à l'intervention des animaux en verre. Ces derniers les avaient attaqués et les anéantirent en peu de temps. Javelette se trouvait auprès de Sila, qui ne respirait plus. La force de ces cafards étaient folles, elle avait encore la marque de leurs pattes sur la gorge. Elle la releva, sortit son tube d'eau de la Source, lui en appliqua sur le cou, lui en fit boire quelques gouttes. En quelques instants, Sila rouvrit les yeux et lui dit : "Que s'est-il passé ?"

Javelette lui remit tout en tête. Sila finit par dire : "C'est vrai, je me rappelle maintenant."

Bécami et les animamis se rapprochèrent de cette dernière et lui dirent : "Nous sommes désolés, si nous avions pensés que ce serait aussi dangereux pour toi, nous ne t'aurions pas fait venir… Nous sommes désolés !"

Sila lui tendit la main, il se posa dessus, elle lui caressa les plumes avec l'autre main et lui dit : "Ne t'inquiète pas, ce n'est pas la première fois que des ennemis essaient de me tuer."

Bécami chantonnait en guise de soulagement. Les animamis faisaient une danse et voletaient autour d'elle tout en chantant à tour de rôle. C'était adorable !

Les deux sœurs qui avaient assistées à la chute des cafards voulurent se faufiler et disparaitre ; c'était sans compter Belmon qui leur dit : "Où allez-vous traîtresses ?"

Elles firent semblant de ne pas comprendre. Elles poursuivirent mine de rien leur chemin. Elles furent stopper alors qu'elles allaient ouvrir la porte de l'un des bureaux. Charioton les attrapa et les becta fort, au point qu'on pouvait les entendre hurlaient : "Ouille ! Aie !! Non ! Mais arrêtez !"

Finalement, elles se retournèrent vers Sila et elles lui lancèrent : "Tout ça, c'est de ta faute !"

Sila les salua avec la main et répondit : "Je vous souhaite un bon voyage là où sera votre destination finale, bon vent sorcières !"

Elles s'envolèrent dans les becs de Charioton et Storitite qui les jetèrent dans la Source, elles furent emportées par le tourbillon qui se forma aussitôt et on n'entendit plus parler d'elles. Ils retournèrent auprès de Sila, Javelette et tous les autres membres de Noël. Il était grand temps de retourner au commencement de Noël.

13

Une fois que Charioton et Storitite revenus, Javelette s'adressa à Sila en ces termes : "Tu avais encore une fois raison, tu as un véritable don ! Il va vraiment falloir que je t'écoute davantage !"

Sila sourit et répondit : "Tu es adorable, n'oublie pas que cela m'arrive quand même de me tromper..."

Javelette : Oui, mais jusque-là, cela ne t'est pas arrivée une seule fois !

Sila : Je suis aidée de Dieu, la Source m'aide beaucoup aussi. Je n'ai pas trop de mérite.

Javelette : Ne dis pas ça ! C'est grâce à toi et à ta générosité que j'ai retrouvé ma véritable identité et que j'ai eu le choix de ma vie. Une chose que je ne pensais plus possible !

Sila la caressa et la remercia. Après ce moment très touchant, le petit train s'approcha et leur fit signe d'embarquer, ce que tout ce beau monde s'empressa de faire. En deux temps, trois mouvements, ils se retrouvèrent à rouler rapidement sur les voies ferrées entre les différentes voies lactées, les étoiles, filantes ou non, les astres. Les paysages étaient à couper le souffle, pour tous !

Ils arrivèrent enfin à destination. Ils retrouvèrent le Père Noël très amaigris, flottant dans ses vêtements, l'air désespéré, sa raison de vivre, sa joie de vivre envolaient. Ses rennes luttaient encore mais étaient dans un état critique et les quelques lutins qui étaient restés, n'étaient guère en meilleur état…

Cela fendit le cœur à tous les nouveaux arrivants. Sila ne savait pas combien il restait de jours avant Noël, elle demanda à Bécami : "Dis-moi combien de temps reste-t-il avant Noël ?"

Bécami : Il ne reste plus que dix jours ! Je ne sais pas si nous allons pouvoir honorer nos engagements cette année !

Une petite larme roula sur son pelage en papier et atterrit sur la neige. Sila lui dit : "Ne perdez pas espoir, nous sommes là avec vous, nous allons tout faire pour être dans les temps ! Tout n'est pas perdu !"

Bécami releva la tête et pépia avant de rejoindre sa famille qui s'était dispatchée pour toucher plus de monde. Javelette lui dit : "Tu penses vraiment qu'on va y arriver ?"

Sila : Il n'y a qu'un moyen de le savoir, il faut s'y mettre. Je sens que l'on ne va pas voir passer les prochains jours, alors commençons tout de suite !

Javelette hocha la tête, elle prit la main de cette dernière, les animaux en verre l'entouraient et chacun d'eux étaient déterminés à sauver la situation.

14

Sila s'approcha du Père Noël, elle lui retira sa veste rouge et blanche, bien chaude. Elle sortit une petite fiole et lui versa de l'eau sur les joues, le cou, les bras et le frotta vigoureusement avec. Puis, elle lui retira les chaussures, les chaussettes et fit de même avec ses pieds amaigris. Elle pencha sa tête tout en la soutenant et lui fit boire quelques gorgées. Ensuite, elle demanda à Bécami et sa famille de surveiller son état et de l'appeler lorsqu'il reviendrait à lui. Ils pépièrent en guise de réponse.

Ils tournoyaient autour de ce dernier en faisant tomber sur lui des petites plumes de papier qui avaient vocation à le remettre en forme, à l'épaissir un peu.

Chacun des membres de Noël qui se trouvaient dans l'autre Royaume des neiges et que Sila et les siens avaient découverts avec féérie, avaient retrouvé sa place d'antan et s'étaient rapidement remis au travail.

Après avoir quittée le Père Noël, Sila avait récupéré Mécasie et l'avait réparé une seconde fois et elle lui dit : "Es-tu prête à fonctionner ?"

Mécasie : Oui, grâce à toi !

Sila : Grâce à Dieu. Allez, nous allons faire un test.

Elle appuya sur le bouton marche, Mécasie s'enclencha instantanément et reçut des milliers de rêves à traiter rapidement. Elle ne s'arrêta plus après été mise en marche. Elle se concentrait pour réaliser l'exploit de l'année. Sila l'avait posé sur le bureau du Père Noël et encourageait avant de la laisser auprès des lutins, dont Canelle la lutine.

Elle alla ensuite trouver les rennes et les remit sur pattes les uns après les autres, les caressant, les soignant, les nourrissant, les réchauffant et en leur parlant pour qu'ils réalisent que la vie d'avant reprenait enfin !

Après plusieurs heures pour certains, plusieurs jours pour d'autres, ils se rétablirent. Ils la remercièrent et elle put poursuivre sa quête.

Elle alla ensuite auprès du Père Noël qui s'était enfin réveillé de son état de torpeur, de quasi-mort et qui souhaitait la remercier pour son intervention. Sila lui répondit alors : "Ce n'est pas moi que vous devez remercier, c'est Bécami qui est venu me chercher, s'il ne l'avait pas fait, je n'aurais rien fait !"

Le Père Noël avait repris des couleurs, il s'était remplumé, il avait retrouvé tout son monde comme à une lointaine époque. Il apprit tout ce que les imposteurs avaient faits et ce qu'ils étaient en réalité, tout ce que Sila avait découvert et mis en lumière, il la remercia chaleureusement.

Elle lui répondit : "Avec plaisir, Père Noël. Cela dit, trêve de bavardage ! Nous n'avons pas le temps de traîner, nous le ferons quand la nuit de Noël sera passée !"

Le vrai Père Noël : "Oui, tu as raison petite Sila, j'aurai une surprise pour toi après tout ça !"

Sila : C'est inutile Père Noël je vous assure.

Le prénom de ce dernier était Brian, il lui dit : "J'insiste petite Sila, c'est la moindre des choses. Tu m'as ramené à la vie, mes rennes et mon monde est revenu auprès de moi, grâce à toi, ton courage, ta bonté."

Sila hocha la tête en souriant. Elle ne savait jamais comment réagir face aux cadeaux, d'abord parce qu'elle n'avait pas été habituée à en recevoir, et ensuite parce que justement, elle ne savait jamais comment se comporter face à une surprise.

Elle aviserait le moment venu, espérant secrètement qu'il oublie sa proposition.

Elle aida ensuite les lutins et les différents membres de la grande communauté du Père Noël, à créer, tester et ajouter des options en fonction des rêves des enfants. Elle n'avait plus dormie depuis l'arrivée de Bécami, il y a déjà plus de vingt jours. Elle avait rapidement grignoter des petits encas mais rien de bien consistant. Javelette et les animaux en verre, la voyant aussi impliquée, firent de même et aidèrent autant qu'ils purent. Sila était appréciée de tous, elle apportait toujours un avis direct, sincère et franc. Elle souriait facilement et dégageait beaucoup de douceurs, de chaleurs, de joie et d'amour. Il restait encore beaucoup de travail. Jusqu'à la dernière minute, elle aida autant qu'elle le put.

Le Père Noël n'avait pas été de reste, il inspectait tous les cadeaux et vérifiait son magnifique globe terrestre magique qui lui montrait en temps réel tous les enfants qui dormaient dans les mondes. Il suffisait de toucher un endroit du globe pour voir le rêve de l'un des enfants. Autour de la cheminée qui refonctionnait, il y avait des guirlandes lumineuses, des étoiles scintillantes de toutes les couleurs.

Au-dessus de la cheminée, on entendait le tic-tac d'une belle horloge qui sonnait à chaque nouvelle heure passée. Des odeurs des cuisines où préparaient les Chefs du Père Noël, des mets, des plats salés et sucrés à tomber par terre. Dans toute la maison du Père Noël se dégageait des odeurs d'épices, de chocolats, de sapin, de vie et d'amour. Les lutins avaient retrouvés leur entrain, leur dynamisme, leur enthousiasme.

Sila fut appelée auprès des siens dans le bureau du Père Noël pour assister au tintement de l'horloge qui sonnait minuit, ils étaient enfin au soir du vingt-cinq décembre. Ils avaient réussis leur défi qui pourtant semblait impossible.

Le Père Noël et toute sa grande famille de lutins, de rennes, d'espèces fantastiques sautaient en l'air, se prenaient dans les bras et se préparaient pour le grand voyage annuel nocturne de ce dernier.

Sila assistait à cet émerveillement et souriait. Alors qu'elle pensait avoir terminé, Bécami l'appela : "Sila, viens s'il-te-plait ! C'est urgent !"

Sila se questionnait, manquait-il quelque chose ? Arrivée devant l'enclos des rennes, elle retrouva Brian assis sur son magnifique et gigantesque traineau, il lui dit : "Viens avec moi pour ma tournée des mondes, vite prends place !"

Sila choquée, se retourna vers les siens qui lui faisaient des signes de pattes, l'air de dire : "Fonce, nous t'attendrons là !"

Sila montait près du Père Noël et s'envola en un clignement de cil dans les airs. C'était une sensation extraordinaire !

Le Père Noël lui dit : "Je te remercie pour tout ce que tu as fait pour moi, pour nous, pour sauver Noël ! Jamais je n'oublierais ce que tu as enduré pour perpétuer la tradition de Noël, tu es unique et je voulais t'offrir ce cadeau, ce moment spécial de distribution de tous les cadeaux, partout ! Mais aussi, t'inviter à être notre invité de marque pour les prochains Noël, à compter d'aujourd'hui. Tu auras ainsi, l'occasion de revenir nous voir et repartir avec tous les cadeaux dont tu auras besoin pour tes missions à venir !"

Sila fondit en larmes, elle n'avait jamais reçu de cadeaux plus jeune, les foyers, les familles d'accueil n'avaient jamais fêter Noël avec elle, elle n'avait pas reçu de cadeaux non plus. C'était toujours une période de l'année triste pour elle, synonyme de solitude. Et là, tout changeait !

Le Père Noël l'observait avec un air triste, il lui dit : "Si j'avais pu, si cela avait été moi, si ces pourritures ne m'avaient pas tout pris, tu aurais eu de beaux noëls lorsque tu étais plus jeune, je suis vraiment navré. Je ne m'en remettrais jamais ! Combien d'enfants ont dû penser que je ne les aimais pas ? Ou bien que je les avais oubliés ? Alors que je n'y étais pour rien...Acceptes-tu ma proposition ?"

Sila sécha ses larmes et hocha la tête, un sourire aux lèvres. Elle posa sa tête sur contre le bras de celui-ci et s'endormit jusqu'à arriver aux premières habitations. Elle aida ce dernier à distribuer les milliers de cadeaux et une fois tous les mondes visités, ils rentrèrent chez eux, auprès de tous les leurs qui les attendaient de pieds fermes !

15

Sur le chemin du retour, Sila sombra dans les bras de morphée et ne se réveilla qu'une semaine plus tard. Il était midi et trente minute, le Père Noël fut le premier à la voir se réveiller. Elle s'étira longuement et une fois les yeux ouverts, il lui dit : "Bonjour petite Sila, comment vas-tu ? As-tu bien dormi ?"

Sila hocha la tête avec un sourire. Elle entendit les gargouillis de son estomac, ce dernier se mit à rire et lui dit : "Ça tombe bien, le déjeuner est prêt ! Nous n'attendions plus que toi !"

Sila se redressa et trouva des chaussons fourrés tout chauds, tout doux. Elle les enfila. Le Père Noël lui enfila un chaud peignoir de chambre rouge et blanc avec plusieurs pompons. Il ouvrit la porte et lui dit : "Après toi, petite Sila."

Elle sortit donc la première et il lui dit : "Veux-tu bien prendre mon bras ?"

Sila accepta volontiers, bras dessus, bras dessous, ils se dirigèrent vers la salle à manger où ils retrouvèrent tout le monde !

Leur arrivée était très attendue, dès qu'elle franchi la porte, tous se levèrent et vinrent l'embrasser et la saluer. Sans elle, sans sa force, sa détermination, son endurance et sa joie de vivre, Noël n'aurait pas pu se faire ! Elle prit place près de ce dernier et fut servie copieusement.

Javelette et les animaux en verre la regardaient avec fierté. Ils étaient heureux de faire partie de sa vie. Ils déjeunèrent avec plaisir en discutant, blaguant, riant et pleins de gratitude pour tout le travail abattu.

Sila les remercia pour tous les mots si gentils prononcés à son égard, elle fit un petit discours qui les firent pleurer. Puis, le Père Noël lui dit : "Viens, j'ai une dernière requête à te faire."

Sila le suivit à l'extérieur pendant que tous les autres débarrassaient l'immense table. Il lui dit : "Sila, je n'ai plus de Mère Noël mais cela ne me manque pas. En revanche, j'ai découvert ce que cela pourrait faire d'avoir une fille Noël, aimerais-tu devenir ma fille le temps de la période de Noël, chaque année à venir ? Et accepterais-tu que l'on viennent s'installer près de toi et de la

Source ? Ainsi, tu n'auras plus besoin de faire le déplacement pour profiter avec nous, avec moi ?"

Sila n'en revenait pas ! Elle écarquillait ses yeux. Elle ne s'attendait pas du tout à cette requête. Elle eut besoin de s'asseoir.

Le Père Noël s'approcha et lui dit : "Je sais que ça peut paraitre brusque, soudain ou que sais-je encore mais tu m'as redonné vie, tu m'as redonné foi en la vie, en Noël, en l'espèce humaine ou pas."

Sila : Je ne m'attendais pas à ça. Je n'ai jamais eu de famille à moi. Hormis Javelette et les animaux en verre. Heureusement qu'ils étaient là pour me montrer ce que c'était qu'être une famille. Vous, vous souhaitez devenir mon père et vous installez près de moi ?

Le Père Noël : Oui, j'en serais très heureux. Je ne te dérangerais pas, je t'assure mais cela nous permettra de nous rendre visite plus facilement. Et puis, vivre auprès de la Source ne me semble pas être une mauvaise idée, vu sa condition. Alors qu'en dis-tu ?

Sila : D'accord, ce sera avec plaisir. Le monde de la Source est grand. Je n'ai pas pris la peine de tout visiter, peut-être même qu'il y a une partie de ce monde qui est froid et où il y aurait de la neige. Nous verrons ensembles.

Le Père Noël l'embrassa sur les deux joues et la remercia : "Merci petite Sila, ma petite fille, ma grande fille adoptive ! Je suis le plus heureux des papas noël, j'ai eu mon cadeau de Noël moi aussi !"

Il versa quelques larmes d'émotion, ils rejoignirent les leurs et au vu de son sourire, ils comprirent que cette dernière avait accepté sa proposition. Ce fut une explosion de joie pour tout le monde !

Ils sortirent rapidement et se préparèrent pour quitter ce lieu.

16

Après quelques heures, Bécami vint près de Sila et les siens et leur dit : "Nous sommes fin prêts, c'est quand vous voulez !"

Sila regarda ses amis Javelette et les animaux en verre qui hochèrent leur tête de contentement. Elle se leva, mit son manteau, ses chaussures et attendit les siens. Une fois, prêts, ils sortirent de la maison et tous montèrent dans le petit train de Noël. Il se mit en marche et tous suivirent. Ils arrivèrent quelques temps plus tard près de la Source mais à un point opposé au lieu d'habitation de Sila.

Là, où ils se trouvaient, il y avait de la neige à profusion. L'enclos des rennes, la demeure d'habitation du Père Noël les rejoignit rapidement également. Tous purent prendre leur marque dans leur nouveau chez eux.

Ils entendirent une voix familière à Sila et ses amis, leur dirent : "Soyez les bienvenus chez moi, vous avez fait le bon choix en vous installant ici. Vous faites du bien autour de vous, vous n'êtes donc pas une menace pour les mondes, au contraire. Je suis heureuse de constater que Sila, a réussi une nouvelle fois, sa mission. Vous pourrez vous rendre visite simplement en embarquant sur les petites barques en contrebas qui vous mèneront tranquillement près d'elle. Je vous souhaite une belle installation et une bonne continuation."

Sila les aida à prendre leur marque puis embrassa son père de cœur avant de repartir chez elle avec les siens. Elle découvrit un mot accroché sur sa porte, elle l'attrapa et le lut rapidement. Il semblait qu'on l'attendait ailleurs pour arrêter de nouveaux faux-jetons. Elle regarda les siens et leur dit : "Il va falloir trouver une alternative, car je suis fatiguée de courir partout."

Charioton : Nous le comprenons, tu en as beaucoup fait déjà. Prends le temps dont tu as besoin, et quand tu te sentiras prête, nous en reparlerons et nous interviendrons.

Sila hocha la tête puis elle ajouta : "Cependant, nous ne sommes plus seuls, peut-être que nous pouvons emprunter le petit train ou un autre moyen de transport, ou un des objets magiques du Père Noël pour nous aider dans nos quêtes, comme il me l'avait expliqué."

Charioton lui tendit un petit carnet. Elle le prit et l'ouvrit, ce qu'elle découvrit la laissa sans voix.

Une miniature du Père Noël se trouvait dedans, une invention de Canelle et Mécasie pour l'aider dans ses missions. Ce second Père Noël possédait les mêmes pouvoirs que le vrai mais de poche. Ainsi, il pourrait l'aider, la reposait, la nourrir et la protéger dès qu'elle en aurait besoin. Il lui suffirait de toucher son petit carnet qui pouvait se porter autour du cou pour qu'il s'ouvre et que les effets s'appliquent aussitôt.

Sila le serra fort contre elle et les remercia. Canelle et Mécasie apparurent et la saluèrent puis repartirent. Ainsi, ils seraient toujours auprès d'elle.

Elle regarda ses amis et leur dit : "Bon, je me repose quelques heures de plus, je renouvelle l'eau de mes fioles et je serais prête pour de nouvelles aventures."

Charioton, Storitite, Javelette et tous les autres lui sourirent en guise de réponse. C'était entendu, ils repartiraient très vite pour de nouveaux défis, bien entourés et épaulés par des amis peu communs.

FIN